CB136942

AVE NOSSA SENHORA DA INDEPENDÊNCIA

JOSÉ ALFREDO SANTOS ABRÃO

KOTTER
EDITORIAL

Coordenação editorial: Sálvio Nienkötter
Editor-executivo: Daniel Osiecki
Editor-adjunto: Claudecir de Oliveira Rocha
Editora-assistente: Franciele Cunico
Produção: Cristiane Nienkötter
Design editorial: Carlos Garcia Fernandes
Revisão: Davi Miranda
Preparação de originais: O Autor
Primeira aba: Plínio Junqueira Smith
Posfácio: Olinda Maria Azevedo Machado
Foto da capa: Foto do busto de D. Pedro I por Marc Ferrez

Dados Internacionais de Catalogação na Publicação (CIP)
Angelica Ilacqua CRB-8/7057

Abrão, José Alfredo Santos
Ave Nossa Senhora da Independência / José Alfredo Santos Abrão.
-- Curitiba : Kotter Editorial, 2021.
128 p.

ISBN 978-65-89624-96-7

1. Poesia brasileira I. Título

CDD B869.1

21-4246

Kotter Editorial Ltda.
Rua das Cerejeiras, 194
CEP: 82700-510 - Curitiba - PR – Brasil
Tel. + 55(41) 3585-5161
www.kotter.com.br | contato@kotter.com.br

Feito o depósito legal
1ª Edição
2021

AVE NOSSA SENHORA DA INDEPENDÊNCIA

JOSÉ ALFREDO
SANTOS ABRÃO

Esta obra recebeu o Prêmio de incentivo 200 anos da Independência do Brasil, da Secretaria Especial da Cultura/Ministério da Cidadania (2019)

A Isa Grinspum Ferraz,
reveladora de intensas
brasilidades

A João Santos Abrão,
que também vai tentar
redescobrir seu país

(1)

se o povo mal conhece a
história em seu improviso
é porque o Brasil embola
as ideias da gente pois em
lance meio inesperado em
impulso meio de surpresa
este país virou um Império
em plena época romântica
pelas mãos de um príncipe
boêmio e temperamental
feito imperador de repente
ao chegar às margens dum
riacho chamado Ipiranga
entre a borda do campo e
São Paulo de Piratininga

(e todo brasileiro tem

tudo a ver com isso)

(2)

na real a gente bem sabe a
base da história e imagina
coisas que vão ainda além
em pensamento desejoso
pedindo pela intercessão
providencial da padroeira
(inventada e bem batizada
em sua pertinência) Nossa
Senhora da Independência
para guiar e proteger e se
possível salvar a gente ao
longo do caminho

(3)

esse príncipe Dom Pedro
vira imperador pelo grito
erguendo sua espada para
invocar o destino para se
posicionar contra o reino
original ou seja contra o
reino português (levanta
espada como quem arma
guilhotina) com intenção
de se reinventar para ser
mandante supremo desse
estranho e imenso reino
luso-tropical

(4)

(eis alguns antecedentes)
esse príncipe Dom Pedro
andava mesmo aperreado
a fim de mandar Portugal
às favas e reinar no Brasil
decretando o seu Império
numa terra que até então
era possessão ultramarina
(território a ser dominado
e explorado à mão pesada
pelo colonizador lusitano)
sem a menor chance de
se tornar uma nação

(5)

e por três séculos os lusos
usaram e abusaram destas
terras desmesuradas onde
(por incrível que pareça)
foram capazes de manter
sua integridade territorial
como maior joia da coroa
portuguesa – até que esse
príncipe regente houvesse
por bem (naquela tarde de
mau humor) declarar a sua
independência (com bons
motivos para isso)

(6)

era difícil fazer do Brasil
um Império independente
era preciso tanta coragem
(Pedro era voluntarioso e
'patriota' o bastante por
brasileiro desde infante)
portanto coube ao nosso
príncipe regente (há bem
pouco tempo entronado)
instaurar a independência
onde não parecia possível
numa nação de quase um
milhão de luso-brasileiros
com pelo menos o dobro
de africanos escravizados

– sem contar os milhares
de mestiços e os milhões
de índios esparramados
no interior (em contínuo
massacre) eis a realidade
de um país improvável
(em sua real e extrema
disparidade)

(7)

(uma abordagem da cena)
a guarda do príncipe está
pronta para ouvir o brado
solene ecoar nos campos
de Piratininga (uma cena
que parece emocionante)
'independência ou morte'
vai gritar o príncipe irado
com a sua espada erguida
numa cena sublimada em
épicas pinturas e imagens
de cinema para dar relevo
ao evento (que merece as
versões de luxo ainda que
banhadas em excessos da

mais exagerada alegoria
rompendo limites entre
realidade e carnaval)

(8)

a ocasião requer alguma
pompa e circunstância e
sons tonitruantes para se
irradiar como uma fábula
histórica que demarque o
nascimento de uma nação
independente com plena
capacidade de se assumir
como estado alternativo
no continente americano
(um país aberto a novos
investidores e imigrantes
'mais alvos' para clarear o
povo 'demasiado escuro')
enquanto se ouve o brado

ecoando o lema ou mote
'independência ou morte'
que anima instiga desafia
os brasileiros encantados
por seu novo imperador
(embora houvesse pouca
gente do povo tomando
parte desse ato isolado
que mais se assemelha
a um golpe dinástico)

(9)

os brasileiros não tinham
a 'persona' bem resolvida
mas gostavam da ideia de
se reinventar nos moldes
duma nação independente
que fabricasse um futuro
desde os atrasos seculares
(ó amada Nossa Senhora
da Independência eis uma
questão que ainda persiste
uma questão que há tanto
tempo nos aflige – como
quebrar a inércia original
que desorienta o nosso
destino?)

(10)

(um outro olhar da cena)
lá vem o príncipe regente
vem montado numa mula
nessa tarde azul de quase
primavera brasileira mui
indisposto dos intestinos
(portanto suscetível à ira)
eis senão quando aparece
o mensageiro vindo direto
do Rio de Janeiro para lhe
entregar duas cartas (uma
de sua esposa Leopoldina
e outra de seu conselheiro
Andrada) ambas com más
notícias sobre reprimendas

e exigências oriundas das
cortes portuguesas de tal
modo que Dom Pedro lê
essas cartas e vai ficando
mui iracundo e revoltado
(a ponto de perpetrar a
ensejada e definitiva
ruptura)

(11)

(narrando mais em close)
Dom Pedro se empertiga
se apruma na sua montaria
e em estranha sobranceria
vai improvisando sua cena
(meio teatral) ao levantar
sua espada para evocar o
futuro e invocar a 'morte'
(pelo poder dessa palavra)
a todo aquele que intente
desafiar sua mais heroica
entusiástica peremptória
resolução (libertando um
país de seu próprio reino
para criar um outro que

mal se sabe como será

mais além desse transe)

(12)

(visão mais panorâmica)
Pedro forja o brado mais
retumbante (o grito corta
mais que o fio da lâmina
e sua espada vai estender
uma ideia de ordem no ar)
Pedro está muito eufórico
e soberbamente ultrajado
sob os raios fúlgidos (em
fulgores imaginários) que
brilham no céu da pátria
nesse instante duma tarde
amena em 7 de setembro
do ano da graça de 1822
em que o príncipe já não

se curvaria às azuis divisas
portuguesas (porquanto o
imperador adota o verde
e amarelo como as cores
oficiais do novo Império)
e nesses seus ares solenes
se percebe uma 'grandeza
d'espírito' adequada a um
intuito implícito de posar
para a posteridade

(13)

o ímpeto intempestivo de
Pedro faz de sua espada o
fórceps com que efetua o
parto pela independência
(tem os olhos brilhando)
o nosso príncipe possesso
bem sabe que é chegada a
hora da 'feitura' do Brasil
em seu Império e realizar
a antiga obsessão de fazer
uma nação independente
ainda que mal extraída do
ventre colonial (e assim
nasce o colosso tropical –
em épico parto cesariana)

(14)

(o Brasil será um gigante
pela própria natureza belo
e forte impávido colosso)
Império de contrastes em
modos solenes e infantis
e crueldades bem variadas
sem sequer imaginar qual
vereda vai seguir entre os
caminhos que já se abrem
(e se abrem por hipóteses)
num país que acende sua
paixão ainda dormente lá
dentro de sua carne densa
e tenra como terra virginal
toda 'futurosa' e verdejante

(onde um povo desnutrido
ainda come muita terra de
formigueiro e fica viciado
sem qualquer remédio
para se libertar)

(15)

(e no dia em que Pedro se encontra) nesse Império a brava gente brasileira quer se encontrar (o destino de todo povo é se encontrar) a nação sonha com a ideia de tornar o brado real em realidade consagrada com gracioso amparo de Nossa Senhora da Independência (a gente adora tanto nossa terra que desanda a chorar quando vem o verso 'terra adorada' no hino nacional) pois para os santos a gente

chora à vontade (chorando
como remédio e tendo um
choro apropriado a cada
ocasião)

(16)

as margens plácidas agora
servem como um berçário
natural adoçando o nosso
nascimento pelos suaves
murmurejos do riachinho
Ipiranga (mas sem notícia
de um projeto de país até
por não haver ideia de um
enredo depois dum sonho
tão intenso) e a gente não
consegue romper o casulo
eterno desse simbolismo e
por isso mesmo um ideário
abstrato viverá para sempre
dentro desse instante pleno

da mitologia mais brasileira
(o passado é um remoinho
o presente é uma aventura
o futuro é um labirinto)

(17)

sonho intenso em imagens
num cinema ou nos traços
vigorosos pintados a óleo
para exposição em museu
cenográfico onde se tenta
evocar o enredo lírico ou
o ideário de uma história
tão real quanto inventada
composta em adornos a
emoldurar uma epifania
(mais tarde veremos em
tão formoso céu risonho
e límpido a imagem do
Cruzeiro a resplandecer)
exuberando seus cânticos

a romancear a realidade a
entoar excelsos exageros
varonis até que se projete
a utopia da independência
(que vai ecoando no país
como o primeiro advento
imaginário imperial)

(18)

nosso novo imperador é
um sujeito intuitivo e um
visionário com os nobres
sentimentos de português
castiço envolto por umas
verdades canhestras da fé
em prosaica imaturidade
em seu catolicismo tosco
de cepa ‘altiva’ ‘altaneira’
(ainda que assim seja em
modo também ‘alegórico’
e alguns observadores do
reino tomem aquelas suas
extravagâncias por sinais
duma ‘irresponsabilidade’

ou até mesmo sintomas

de ‘fraqueza de caráter’)

(19)

(pois ninguém é perfeito)
nem mesmo nosso bravo
príncipe a quem o destino
(ou talvez o acaso ou um
raio da divina providência
ou ainda santa intercessão
direta de Nossa Senhora
da Independência) houve
por bem consagrar como
monarca (depois defensor
perpétuo) e ainda como o
real parteiro de tão incerta
e quase impossível nação –
para então figurar em sua
condição sublime de mui

amado e leal senhor Dom
Pedro de Alcântara primaz
herdeiro da Casa Real de
Orleans e Bragança

(20)

nosso intrépido imperador
(para o bem e para o mal)
se embala em seus desejos
em seus pendores pessoais
e assim tenta 'contaminar'
a nação num estilo direto
sem esconder ou rebuscar
essa espontaneidade toda
sua (ele sabe que o povo
o admira por fazedor da
independência brasileira
em ato da maior bravura)
eis sua marca pessoal de
soberano centurião de si
mesmo além de homem

religioso (fiel devoto de
Nossa Senhora) embora
conquistador passional
(não esconde sua paixão
escandalosa pela amante
a quem outorga o título
de marquesa de Santos –
afrontando a tão culta
e prendada imperatriz
do Brasil)

(21)

(mais perto do imperador)
ele tem uma mente simples
é alheio aos estudos assim
como é um sujeito sujeito
aos arroubos e rompantes
(seu herdeiro será muito
diferente) e quase sempre
tenta se equilibrar entre o
impulso mais egocêntrico
e uma certa prudência de
monarca sensato (Pedro I
tem consciência de que as
ações mais personalistas o
ajudam na construção dum
prosaico repertório pátrio)

e assim é que personifica o
Império com gestos e com
palavras que identifiquem
sua própria soberba (e o
que será da nação depois
de sua passagem?)

(22)

e agora sua alteza precisa
provar seu valor e o valor
da nação a todo o mundo
'civilizado' mas para isso
só conta com um Império
que ainda parece abstrato
(ou um reino imaginário)
um Império cuja herança
soma três séculos da mais
violenta brutal predatória
exploração colonial (um
reino desde então incapaz
de superar seus carmas e
vícios entranhados como
perversão perpétua)

(23)

a gente jura com a maior
devoção e se compromete
por tudo o que é sagrado
com esse intento à Nossa
Senhora da Independência
(um desígnio simples que
ora se torna compromisso
absoluto por qual juramos)
jamais perder a fé no povo
brasileiro (que a seu modo
o imperador representa à
medida em que com essa
gente aventureira bem se
identifica) e tomara meu
Deus que anjos guardiões

ouçam a nossa promessa
e assoprem pelos ouvidos
e acessem os compassivos
sentidos de Nossa Serena
Senhora da Independência
para que em seu generoso
coração se aninhem esses
anseios entre os remansos
entre os veios exuberantes
de sua infinita bondade

(24)

(porém contudo todavia)
a gente sabe que o Brasil
veio ao mundo embalado
na mais equivocada ideia
de liberdade (com índios
cativos negros escravos e
o fantasma da liberdade)
e em seu tão espontâneo
narcisismo se criaram os
cantos e toques elegíacos
para se vangloriar de rios
fabulosos ou de florestas
infindas pantanais plenos
cerrados caatingas várias
além de extensos litorais

o vasto território feérico
cantado e retratado em
ufanismo deslavado só
para compensar mazelas
abundantes em teu seio
ó pátria amada (entre as
muitas incertezas deste
versário retórico e entre
tantas loas semelhantes)
nessas elegias e lamentos
em elegantes metáforas
evanesce toda 'sua
felicidade sem
dia seguinte'

(25)

(em nosso eterno retorno)
essa nação independente
tenta repetir uma ideia de
paraíso em suas miragens
segue deitada eternamente
em berço esplêndido pois
enquanto o tempo escorre
sua identidade se esquece
se perde entre os quintais
entre palmeiras imperiais
entre abaetés escuros ou
claros lençóis azulados na
mansidão das planícies e
por sobre aquíferos nesse
continente emprenhado

ao som do mar e à luz do
céu profundo (um gigante
suave e gentil embevecido
por uma imagem refletida
na pintura dum riachinho
na suavidade duma tarde
perdida para sempre nos
campos de Piratininga)

(26)

(onde a história não entra)
ocorre que no Brasil mais
profundo há um áspero e
silente mistério oculto nos
agrestes e grotões em que
se escutam profecias sob
o suave luar sertanejo em
filetes de luz movente se
refletindo e alumiando as
tramas estranhas em seus
enredos ácidos (lá dentro
das noites e das cavernas
nos escuros do país ainda
circulam demônios onças
caetanas assombrações e

outras imagens do medo
ou da culpa pelas coisas
que não têm conserto e
nem perdão) por dentro
Brasil é outro continente
um repositório de mitos
cosmogonias e perdições
que a gente conhece mas
não decifra ou desvenda
nas selvas de nossa
salvação

(27)

(de outro ponto de vista)
onde a história deixa uns
rastros sempre haverá o
lume o jeito uma pegada
onde clareiam as pulsões
dum reino eclodindo em
repentes assim inocentes
(um encanto em enredo
adulterado) por contos de
fada entre as mais etéreas
visões surreais de triunfo
que embalam a esperança
temporã e mais toda essa
carga essa antiga herança
lusitana nas mestiçagens

(este país há de ser uma
eterna criança parida em
algum quintal arraiano) e
sempre vai navegar pelos
mares mutantes ao vento
do improviso tentando se
reconhecer num espelho
muito além dos narcisos
(e das más aparências)

feita de boas intenções e
de bons sentimentos sob
as mais copiosas bênçãos
celestiais a independência
(piedosa Nossa Senhora)
haverá de ter despertado a
santa fé no talento dessa
gente movida pela crença
em vencer a adversidade
abusando da capacidade
de improviso (tão intensa
nos jogos ou nas artes do
futuro 'país do carnaval'
originado nos gestos no
brado figurado de Pedro)

com sua potência criativa
afinal aflorada sobretudo
pela abolição do escravo
pela libertação do negro
(liberto em 1888 porém
descartado da sociedade
'produtiva' para ser para
sempre segregado como
pessoa ou como cidadão
– por crueldade e vilania
da mais arcaica vetusta
e ainda rediviva casta
escravocrata)

(29)

(tentando enquadrar tudo)
a marca de nascença dessa
nova nação independente
é uma curiosa mistura de
enormes potenciais com
descargas de muito abuso
excessos de violência em
meio a nobres princípios
(além de surtos rasgados
e constantes de loucura
expressos na tendência
pelo imprevisível) coisa
que bem combina com
a 'persona' imperial (de
modo que até seu modo

mais prepotente parece
corresponder ao caráter
nacional) num país onde
todo mando é autoritário
ainda que a Constituição
possa ser a mais liberal e
avançada (com o próprio
imperador dando o mau
exemplo aos mandatários
subsequentes ao resolver
rasgar nossa 'carta magna'
com toda a força de seu
'poder moderador')

(30)

(mais sobre o personagem)
o imperador Dom Pedro I
era colérico e sentimental
estrategista e improviseiro
era musical e era jogador
(assim nosso personagem
protagoniza os extremos
contraditórios brasileiros
encenados com requinte
em luxo carnavalesco ou
no fabulário neobarroco
de um cinema visceral)

(31)

(assim nasce essa nação)
refogada em brasa branda
caldo exótico de pessoas
impensáveis no caldeirão
imperfeito entre culturas
das origens mais diversas
ao cânone ocidental (era
preciso maior empenho
na gestão deste país das
imensidões continentais
onde mal havia estradas)
um país tão descomunal
uma sociedade complexa
demais para se partir em
latifúndios de uns poucos

predadores ou para seguir
na sua eterna condição de
'reino das possibilidades'
(onde os sonhos só serão
verdade quando a gente
parar de sonhar)

(32)

(pense) nos mais diversos
e complexos biomas com
seus caprichos geográficos
originais e também (pense)
nos animais admiráveis na
flora fantástica formando
a combinação de inferno e
paraíso compondo a coisa
exótica o suficiente para o
desnorteio da fé e aí então
(conclua) que esse mundo
feito de tanta contradição
faz a gente duvidar muito
de toda lógica que tenha
algum sentido funcional

(a razão como coisa que
se rejeita sem sequer se
levar em consideração)

(33)

(e se enreda nesse enredo)
a 'santa madre igreja' como
grande parceira do projeto
colonial português (e suas
consequências) os padres
mais lúcidos virando suas
cabeças se tornando entes
passionais demais para a
tutela de índios cativos e
negros escravizados em
territórios de selvagerias
(as rebordosas religiosas
também têm sua história)
onde vários dos clérigos
foram assados em rituais

antropofágicos dos mais
sofisticados na venturosa
época colonial brasileira
entre os jardins edênicos
mais idílicos (mas só para
quem abdicasse de sua
mitologia original)

(34)

(de um ângulo bem mais
iluminado) nosso barroco
tropical ganha as nuances
graciosas a gerar imageria
deslumbrante (sobretudo
nas igrejas erguidas à mão
por índios negros cafuzos
mulatos ou mamelucos a
mando dos sacerdotes em
suas incursões nos ermos
recantos desse inferno tão
desfrutável) e a conversão
das almas pelos extremos
rincões se torna em nova
forma de doutrinação ou

dominação dos gentios e
a razão parece provocar
as maiores estranhezas e
extravagâncias por essas
veredas tropicais (onde
quase todas as atividades
predatórias tinham mais
valor do que qualquer
forma de civilidade) e
haja cana e café para
forrar essas igrejas
com tanto ouro

(35)

a maior façanha do clero
colonial foi criar (meio de
modo involuntário) certos
cruzamentos da mais alta
voltagem espiritual dentro
da cabeça desses gentios
de culturas tão ancestrais
(imagine) um alto choque
cultural que reverbera há
séculos na alma da gente
brasileira (desde a época
colonial até os pecadores
contemporâneos) criando
tamanha mescla sincrética
entre os credos cristãos os

cultos africanos milenares
os cultos indígenas (idem)
resultando em variações as
mais incompreensíveis aos
entes do mundo 'civilizado'
(coisa que aqui é sinônimo
de 'estrangeiro' ou até
de 'alienígena')

(36)

(quase resumo da ópera)
nesse caldo cultural todos
se miscigenaram (com ou
sem pecado em sua alma)
entrecruzando seu sangue
com gente oriunda de três
continentes ao longo dum
transe secular pelo paraíso
mais infernal desse mundo
ó minha Nossa Senhora da
Independência (é tudo tão
difícil de entender tudo tão
fácil de compreender tudo
tão estranho de incorporar
que é melhor aceitar essas

coisas assim mesmo como
são – sem aquela cisma de
como poderiam ter sido)

(37)

(por tudo isso essa gente
precisa tanto fazer preces)
rezar para Nossa Senhora
da Independência é nossa
maior libertação (eis uma
súplica especial para fazer
a ela) 'Nossa Senhora faz
com que todo brasileiro –
todo e qualquer brasileiro
– tenha uma morte digna
nessa terra sendo criança
ou crescido (branco índio
negro ou mestiço) a gente
roga uma morte digna em
todo o território nacional

e que seus funerais sejam
decorosos e que todos os
bons sejam bem acolhidos
no céu como recompensa
em razão do sofrimento
por tamanha injustiça'

(38)

(passados duzentos anos)
dois séculos já decorridos
desde o brado de Pedro I
e a 'morte' ainda ameaça
nossa independência num
cotidiano sangrento onde
a violência é a regra diária
faz parte da ordem do dia
(até parece castigo parece
praga ou vingança divina)
– mas talvez seja mesmo
coisa do carma carregado
por conta da interminável
exploração cruel brutal
sádica e cínica

(39)

viver num ambiente onde
as pessoas não comungam
da ideia de bem comum e
seguem a explorar seguem
a devastar a natureza sem
dó nem piedade (tendo as
posses materiais como seu
valor supremo) é coisa que
vem das capitanias quando
só a exploração interessava
ao Reino de Portugal com
suas feitorias de extração e
as monoculturas extensivas
(a estranha circunstância da
estranheza entre estranhos)

por obsessão lucrativa por
absoluta cobiça e assim se
vai destroçando duma vez
o caráter nacional (imerso
nos desvarios surreais de
uma ácida e voraz ciranda
fazendeira tropical escalada
nessa fúria que arregaça o
Brasil – ó augusta Senhora
da Independência)

(40)

(Macunaíma sabe como é)

(41)

(então a gente tem mais é
que se ajoelhar e rezar até)
'imploro a Nossa Senhora
da Independência para que
tenha piedade de nós pois
apesar da nossa fé e nossa
esperança somos mais uma
anomalia num mundo em
que Deus não se estabelece'
(nesse abismo que se abre
entre placas tectônicas de
miséria e riqueza explode
a violência) vai se criando
o caos num reino celestial
essa terra em transbarroco

adulterada 'pela harmonia
universal dos infernos'
como no cinema novo
como em sua mais
possível ópera
tropical

e até agora nem todas as
preces e sagrações desde
súplicas em português ou
latim nem todas as rezas
bem enraizadas em tupi-
guarani ou outra matriz
ameríndia e nem mesmo
os cânticos africanos em
densas orações iorubanas
jejes ou dos povos bantos
foram capazes de atenuar
um massacre contínuo de
almas aos milhões (já que
ainda reina essa medonha
desigualdade) então vem

outra e outra e outra vez
aquela mesma incômoda
insistente pergunta – o
que devemos fazer?

(43)

a desigualdade inda ressoa
entre os vibrantes reverbes
dos timbres coloniais para
afinar os instrumentos do
tal 'desenvolvimento' (que
tanto cria progresso como
traz desgraça a esta nação)
de modo que a coisa mais
necessária (além de semear
a consciência) segue sendo
rezar muito forte pedindo
maior proteção à Senhora
da Independência até que
nossa gente se livre dessa
maldição perene de viver

numa sociedade ainda tão
medonha (seja por pura
cobiça seja por sua
malquerença aos
desvalidos)

(44)

(essa desigualdade parece
invencível) pelo ranço de
prepotência de crueldade
com que aqueles senhores
e seus feitores submetiam
os escravos confinados na
senzala como animais sob
seu domínio (estabelecido
em transe demoníaco que
vai atravessar séculos e vai
assentar o fundamento da
tragédia brasileira) quase
apagando a esperança em
nosso espírito (entenda
a gravidade)

(45)

(a dominação demoníaca)
em vez de abolir de vez a
escravidão e seus negócios
rentáveis (traficar vender
escravos gerava fortunas)
os mandatários imperiais
se acomodavam ao luxo
(e nem se tocavam com a
morte das pessoas negras
ou vermelhas) pois como
casta dominante só viam
importância nas coisas ou
nos meios de ter as coisas
(ainda que isso custasse a
felicidade geral da nação)

e essa história permanece
sendo o limite que ainda
separa a nossa sociedade
do que se possa entender
por ‘civilidade’

(46)

(abaixo do Equador tem
acordo entre fé e razão?)
ainda que a gente acredite
em qualquer coisa que dê
sentido ao transe nacional
(eivado de lirismo sob teu
tão formoso céu risonho
e límpido onde a imagem
do Cruzeiro resplandece)
parece que somos todos
antropófagos prontos a
devorar colonos clérigos
militares e missionários
sem perceber a reversão
do viés destrutivo com

que atuavam esses tipos
esses seres andantes por
esses ermos e selvagens
e obscuros trópicos (tão
distantes do hemisfério
da razão)

(47)

(outro lance de contexto)
em 1822 havia demasiada
pobreza num Brasil onde
a esmagadora maioria era
ainda analfabeta e o erário
nacional estava quebrado
(já que em 1821 João VI
voltaria a Lisboa levando
todas as reservas em sua
esquadra) e a guerra pela
independência (contra os
reinóis resistentes) faz o
Brasil se endividar com
banqueiros ingleses (em
situação um tanto atroz

– erguer o Império por
sobre escombros duma
longa época colonial) de
modo que essa imensa e
disforme nação tropical
nasce devendo fortunas
aos donos do capital em
suas metrópoles do
outro lado do
Atlântico

para um país formatado
em moldes coloniais sua
independência custa caro
e desorganiza as finanças
criando enorme embaraço
(sobretudo a um governo
que mal sabia o que fazer
com toda essa autonomia)
e será preciso acumular fé
no futuro bem como uma
'fábula' em navios e armas
em pólvora chumbo e bala
o suficiente para esmagar
uma rebelião republicana
insurgente do tamanho da

Confederação do Equador
(ao Norte) ou a Revolução
Farroupilha (ao Sul) alguns
anos depois do incontido
imperioso voluntarioso
grito do Ipiranga

(49)

(ainda não há resposta a
essa questão inquietante)
como fazer independência
em Império escravocrata?
(como imprimir o futuro
reeditando o passado?)

(50)

(e por não haver resposta)
a gente continua rezando
com fé em Nossa Senhora
da Independência e ainda
continua pensando nesse
caldo cultural exótico que
gerou aquelas tantas seitas
de guerreiros fanáticos ao
findar o período imperial
(em que bandos toscos de
rebeldes beatos rechaçam
a República como heresia
suprema exigindo a plena
restauração da monarquia)
guiados por pastores em

transe místico nos sertões
(vai entender essa gente
levada em ondas delírios
em revoltas fundadas na
metafísica mais visionária
das caatingas e dos gerais)

(51)

(ideias quase conclusivas)
o Brasil Colônia dependia
do Reino de Portugal e o
Brasil Império dependerá
do Reino Unido (e temos
como mesmo fundamento
a mesma estrutura arcaica
da sociedade escravagista
como esteio e como base
social e econômica) numa
independência sombreada
pela velha dependência

(52)

o certo é que nosso andor
inercial ainda se arrasta e
(a seu modo) se modifica
(não tem caminho único)
para os reinos os espaços
abertos da liberdade (e só
se muda a história quando
um povo reconfigura sua
fundação) e o amor pelo
Brasil viceja num ideal de
independência enquanto
a unidade nacional supõe
os melhores sentimentos
populares (só restando a
'morte' como alternativa

à ideia de independência)

como prova eterna de

amor pelo Brasil

(53)

(outra coisa a considerar)
e receamos que o futuro
possa repetir o passado?
pela voz dos anjos pelos
ventos entre os desenhos
aéreos do passaredo nos
cantos gerais da natureza
na remissão dos pecados
na maternidade das águas
na força de vontade com
fé nas virtudes herdadas
dos nossos antepassados
a gente tenta acreditar –
a história nunca mais vai
se repetir porque vamos

reinventar nossa ideia de
nação no ninho primevo
da independência (num
jeito brasileiro de cruzar
os tempos recombinar a
experiência sem perder
a identidade)

(54)

(acima dos pensamentos)
rogamos para que Nossa
Senhora da Independência
interceda pelos brasileiros
ilumine suas consciências
ajude a gente a consolidar
caminhos redescobertos
a incorporar solidariedade
à ideia de independência
(coisas que parecem puro
bom senso mas inda soam
a sonho ou soam a utopia
ou soam como sinos com
antigos acordes do mesmo
samba-enredo de sempre)

– matéria prima 'futurada'
que a gente não consegue
parar de imaginar

(55)

a gente precisa renascer
e para renascer a gente
precisa reconhecer este
país inventado em 1822
(entender sua mitologia)
numa época em que sua
compleição se condensa
para recomeçar o andor
recuperar nossa verdade
e entrever o Brasil como
a revelação de si mesmo
pois quanto mais a gente
raciocina menos entende
as coisas como são – pois
somos feitos de sensações

atávicas decerto herdadas
do sentimento ibérico ou
do animismo indígena em
amálgama com mistérios
africanos e ainda um tanto
de cismas curtos-circuitos
possíveis e/ou imaginários
que a confluência entre os
povos pode provocar com
mistura de outros temperos
carregados de europas e de
muitos outros orientes os
mundos para os quais essa
brava gente brasileira ainda
será referência na invenção
duma sociedade talvez mais
afeita aos ideais solidários

em que toda cada qualquer
pessoa possa ser plena ser
livre em sua mais possível
igualdade (até que venha a
ser mesmo independente)
para maior glória de sua
graça excelsa compassiva
clemente Nossa Senhora
da Independência santa e
tão serena como a gente
bem sabe ser quando vai
além muito mais além da
realidade

POSFÁCIO

A textura quase hínica de Ave Nossa Senhora da Independência opera em planos visuais, como *slides* poéticos narrativos. A linguagem seca e severina se alterna com a antítese das imagens caudalosas dessa desmesurada terra brasileira e sua gente, com a alegoria infindável da cena do riacho Ipiranga '– num épico parto cesariana', não partenogenético;

'(este país há de ser uma
eterna criança parida em
algum quintal arraiano)'

As profusões de fatos e cenografias da nossa história, em duzentos anos macunaimicamente revividos, são ressignificadas. Mas permanecem como uma espécie de 'cláusula Pétrea' tatuada a ferro e a fogo, em carne viva nesse país-em-transe que balança, vale dizer, mercuriana e venusianamente, no eixo Pisces-Virgo... Mas Pedro I era de outubro, 12 – o dia da padroeira, dos infantes, da aclamação de imperador;

'um país tão descomunal
uma sociedade complexa
demais para se partir em
latifúndios de uns poucos
predadores ou para seguir
na sua eterna condição de
'reino das possibilidades'

O caldeirão ancestral de devoções propicia ao poeta, entre tantas outras desventuras em paisagens abençoadas e consagradas, clamar e rogar por mais uma Nossa Senhora – e já são tantas pelo mundo afora... Mas nessa terra adorada e mãe gentil, talvez seja a santa que nos falta para incorporar fechamentos de

ciclos, carma e darma, refundação e
reinvenção;

'o certo é que nosso andor
inercial ainda se arrasta e
(a seu modo) se modifica
(não tem caminho único)
para os reinos os espaços
abertos da liberdade (e só
se muda a história quando
um povo reconfigura sua
fundação)'

Entre o mote ou lema que reverbera aos nossos sentidos – ou ficar a pátria livre ou morrer pelo Brasil – o emprego de prolepse no texto, o *flash forward*, aponta essas direções desorientadas da brava gente com suas múltiplas e potentes cosmogonias, para suportar as 'mazelas deslavadas' das ideias mais equivocadas de liberdade... Para então conviver com as cicatrizes pulsantes do escravagismo, que fazem a gente entoar repetidamente um mantra, em ritmo de martelo agalopado, com a intercessão da clemente, augusta e piedosa Nossa Senhora da Independência;

(o passado é um remoinho
o presente é uma aventura
o futuro é um labirinto)

José Alfredo transita pelo tema espinhoso com facilidade espantosa e leveza crítica, signos de sua escritura aprimorada. Passeia pelas margens nada plácidas com uma oferenda aos leitores;

'a gente precisa renascer
e para renascer a gente
precisa reconhecer este
país inventado em 1822'

Olinda-Maria Azevedo Machado

Setembro, quase primavera, 2021

pólen soft 90 gr/m2
tipologia garamond
impresso na primavera de 2021